Couverture inférieure manquante

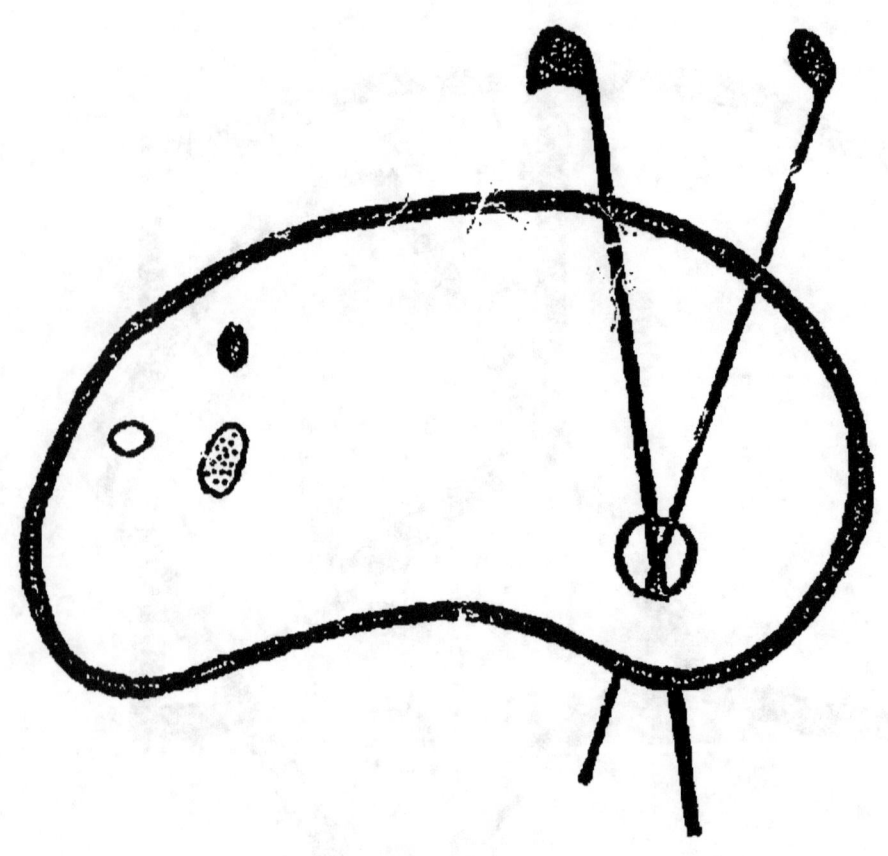

DEBUT D'UNE SERIE DE DOCUMENTS
EN COULEUR

EXTRAIT DE LA REVUE DE L'ANJOU

UN POÈTE ANGEVIN

CHARLES DOVALLE

SA VIE, SON ŒUVRE

PAR

Emile CHEVALIER

ANGERS

GERMAIN ET G. GRASSIN, IMPRIMEURS-LIBRAIRES

40, rue du Cornet et rue Saint-Laud

1896

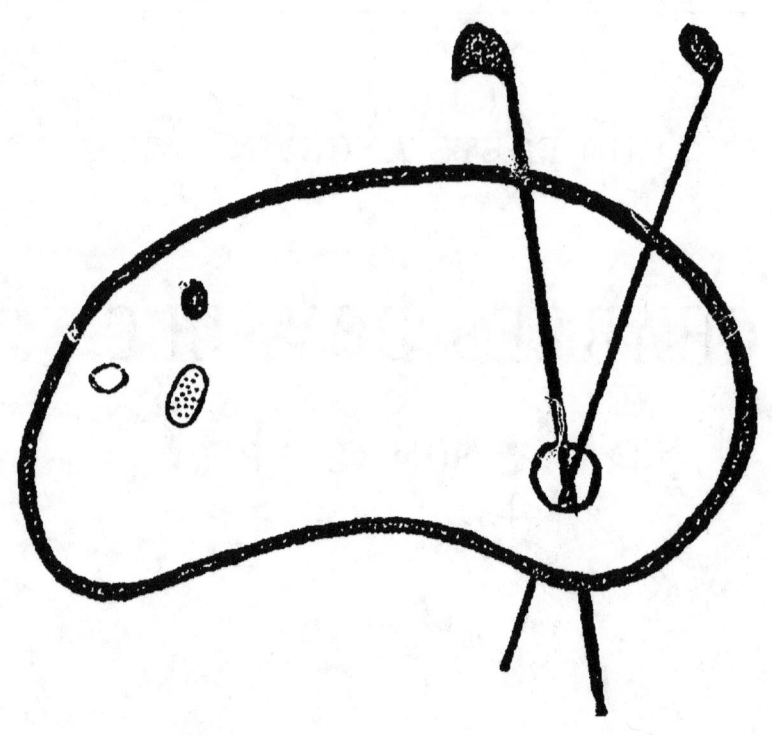

FIN D'UNE SERIE DE DOCUMENTS
EN COULEUR

UN POÈTE ANGEVIN

——

CHARLES DOVALLE

SA VIE, SON ŒUVRE

EXTRAIT DE LA REVUE DE L'ANJOU

UN POÈTE ANGEVIN

CHARLES DOVALLE

SA VIE, SON ŒUVRE

PAR

Emile CHEVALIER

ANGERS

GERMAIN ET G. GRASSIN, IMPRIMEURS-LIBRAIRES

40, rue du Cornet et rue Saint-Laud

1896

CHARLES DOVALLE

SA VIE, SON ŒUVRE

C'est à Montreuil-Bellay, dans un des coins les plus ravissants de notre Anjou, que naquit Charles Dovalle, le 23 juin 1807. La petite ville de Montreuil peut fièrement revendiquer la gloire d'un de ses enfants les plus célèbres ; son beau ciel eut bien certainement sa part dans l'éclosion du génie de ce poète.

M. Louvet, ami et camarade d'enfance de Dovalle, pensait avec raison que le splendide panorama qui se déroule des terrasses de la maison natale n'a pas été sans influence sur le développement de la précoce imagination du jeune écrivain [1].

De son côté Asselineau dit [2] : « La vie de Dovalle ressemble à son œuvre. Une enfance douce et laborieuse se développant joyeusement dans la vie de campagne et d'une campagne pittoresque toute pleine de souvenirs et hérissée de vieux châteaux. Succès précoces, amours timides,

[1] Cette maison pittoresque, ornée de gracieuses tourelles existe encore à Montreuil-Bellay, dans l'ancienne rue des Bancs, aujourd'hui rue Dovalle ; on y voit toujours, à l'extrémité du jardin, l'ancienne tour d'enceinte couverte de lierre où venait rêver le jeune poète. Dans cette maison réside le percepteur.

[2] *Bibliographie romantique.* Rouquette, Paris, 1874.

2

excursions poétiques, vol de papillon sur les fleurs et les ruines. »

Après avoir célébré le beau site de Montreuil : « une petite ville coquette et charmante, avec de grands bois, de claires fontaines et de blanches maisons aux toits d'ardoise, M. Jules Claretie ajoute finement : « Le joli endroit pour naître ! [1] »

Et, en effet, comment ne pas se sentir ému en face d'une pareille nature ?..... Tout semble réuni pour former en ce lieu un incomparable paysage : cette gentille rivière parsemée d'îlots verdoyants qui coule jalousement cachée sous les arbres entre deux coteaux ; ce vieux château fort qui la domine et qui semble placé là tout exprès pour se mirer dans ses eaux limpides. Et puis, quel horizon sans pareil !..... la masse sombre de la forêt de Brossay, des prairies à perte de vue et enfin, dans le lointain, cette église du Puy-Notre-Dame, une des plus belles basiliques de l'Anjou.

Nous ne nous sommes pas dissimulé en commençant cette étude que notre poète est peu connu en dehors d'un petit cercle de lettrés, mais qu'importe !... A notre avis, ce sont les inconnus qu'il faut faire connaître, ce sont les oubliés qu'il faut tirer de l'oubli. Quel intérêt y a-t-il à étudier Lamartine ou Victor Hugo que tout le monde connaît et admire aujourd'hui ? C'est leur destinée, leur heureuse destinée, à eux, d'être célèbres ; ce fut au contraire le triste destin de Dovalle de rester dans l'ombre. Qui ne connaît « Bergeronnette » ? Et cependant que de gens ignorent le nom de l'auteur de ce petit chef-d'œuvre !... Ah ! c'est que Dovalle est mort trop tôt pour sa gloire et, quand on entreprend de raconter sa vie, on arrive bien vite de sa naissance à sa tombe. Mais, par ce qu'a laissé ce jeune homme de vingt-deux ans, nous voyons ce qu'il promettait, nous mesurons

---

[1] Collection du *Bibliophile français* (Élisa Mercœur). Bachelin-Defiorenne, Paris, 1864.

l'étendue de la perte éprouvée en sa personne par les Muses et les Lettres. Combien, parmi ceux de son âge, quittent la vie en laissant derrière eux un bagage littéraire égal au sien ?...

La famille Dovalle, depuis au moins le commencement du xviiie siècle, occupait, à Montreuil-Bellay, de grandes charges royales ou municipales ; c'était une des familles bourgeoises les plus considérées de la ville. Au milieu du xviiie siècle, un Dovalle (le grand-père de Charles) était sénéchal de la baronnie.

Plus riche d'honneur que d'argent, le père du poète dut, après la Révolution, accepter les modestes fonctions de percepteur. C'est au sein de cette famille que le jeune Dovalle grandit. On l'envoya d'abord au collège de Saumur. Là, notre compatriote manifesta un goût si vif pour la littérature, qu'un prix de poésie fut créé tout exprès pour lui. Ses études classiques terminées, M. Dovalle père, qui rêvait pour ce fils si heureusement doué les triomphes du barreau, lui fit suivre les cours de la Faculté de droit de Poitiers ; mais, les Muses avaient pour lui plus d'attraits que le Digeste, et, sous le nom de Pauline A...... (son pseudonyme), il publia souvent dans les revues d'exquises poésies qui firent croire même, dit-on, au directeur du *Mercure*, que l'auteur était une femme, ce qui valut au poète Montreuillais des lettres de félicitations empreintes d'une respectueuse galanterie. Et cependant, il ne faudrait pas taxer de naïveté le directeur du célèbre journal : le style de Dovalle avait l'admirable fraîcheur, la nonchalance, la grâce, la distinction féminines ; on sentait dans ses vers cette sensibilité, cette douceur, qui sont d'ordinaire l'apanage de la femme. Pendant son séjour à Poitiers, Dovalle avait composé une charmante idylle : l'*Oratoire du Jardin*. (Nous reproduisons plus loin cette pièce remarquable.)

On reproche quelquefois à la poésie de se complaire

dans des phrases vagues, de chercher surtout la cadence ; on dit que les vers manquent bien souvent de signification. Ce fut un des griefs qu'on articula contre Lamartine ; ses vers, disait-on, étaient creux, vides...

Le reproche était-il mérité ? Nous ne savons.

Certes, nous ne voulons pas comparer l'illustre créateur de *Jocelyn* à l'auteur de la *Bergeronnette*, la modestie de Dovalle, elle-même, s'en effaroucherait.

L'un fut la rose épanouie dans sa splendide beauté, l'autre fut l'humble bouton où à peine se dessine la fleur. Lisez l'*Oratoire du Jardin* et vous constaterez que ces vers si frais, si élégants, ne sont pas vides de sens et qu'au contraire ils expriment, avec la même précision que la prose le ferait, la pensée du poète et rien que sa pensée. C'est une histoire, une véritable histoire que Dovalle raconte là. Au bas de cette riante maison de Montreuil que ne purent lui faire oublier ni les cours de la Faculté, ni les paperasses de la procédure, ni même ses succès précoces, enfoui sous la verdure, se cachait un vieux couvent ; il avait jadis abrité des moines ; l'imagination de Dovalle y plaça des Sœurs. La belle affaire pour un poète ?... La scène est facile à reconstituer :

C'était par un beau soir d'été, une vieille Supérieure entourée de ses Sœurs, de toutes jeunes Sœurs, des novices pour la plupart, se promenait sous les frais ombrages en devisant gaiement. Tout à coup, fidèle observatrice de la règle, voyant le soleil descendre à l'horizon, elle s'écrie :

— Enfants, la nuit est déjà noire, rentrons !

Mais les Sœurs, que le sommeil ne tourmentait guère et qui respiraient à pleins poumons l'air frais de cette nuit délicieuse, câlinement et toutes en chœur se récrièrent :

> — Ce soir, l'air est si doux !...
> Mère Saint-Ange, oh ! contez-nous,
> Contez-nous encore une histoire !

Et Mère Saint-Ange de répliquer :

— Non, non, il ne m'est pas permis...

— Une seule !... s'écrièrent les Sœurs, les mains jointes.

Mais la bonne vieille s'entête et répond :

— C'est inutile !...

Alors, les Sœurs précisent :

> — Rien que le conte de Cécile
> Qu'hier vous nous avez promis...
> Nous allons bien faire silence !
> Oh ! nous n'en perdrons pas un mot.
> Demain, nous rentrerons plus tôt...

Mère Saint-Ange est vaincue ; elle se souvient qu'elle a, en effet, promis la veille, le fameux conte de Cécile... D'ailleurs, la morale en est excellente ; c'est un récit qui ne peut être que salutaire à la jeunesse qui l'entoure, et puis comme le disent les Sœurs : Demain, nous rentrerons plus tôt...

Devant l'évidence de son raisonnement, Mère Saint-Ange convaincue, prononce enfin les paroles tant désirées :

— Bien sûr ? Allons, chut ! je commence. Vous voyez d'ici la joie des Sœurs ; elles se serrent autour de leur Mère :

> Le cercle des Sœurs se pressa,
> On fit trêve aux discours frivoles,
> La conteuse trois fois toussa,
> Et l'on entendit ces paroles :

> C'était un beau soir de printemps...
> Dieu ! que les hommes sont méchants !
> Pour tromper de pauvres novices,
> Qu'ils ont de ruses !... d'artifices !
> Soupirs par ci, billets par là ;
> L'art de tromper est si facile ...
> — Et l'histoire de Sœur Cécile !...
> — Allons, écoutez, m'y voilà :
> Sœur Cécile était bien simplette ;
> Elle n'avait rien de mondain.
> Tous les soirs, elle allait seulette
> A l'oratoire du Jardin.
> Or, vous saurez que la chapelle

En ce temps-là n'existait pas :
C'était une simple tonnelle,
Où les jasmins et les lilas,
Joignant leur ombre fraternelle,
Protégeaient d'un voile incertain
L'image en marbre d'un grand saint,
De la vertu parfait modèle.

C'est là, quand le jour déclinait,
Qu'au détour de la sombre allée,
Cécile, à pas lents, et voilée,
Paisiblement s'acheminait.
Au fond de la modeste enceinte
S'élevait le marbre sacré ;
Des fleurs, un livre, une croix sainte
Ornaient seuls ce lieu vénéré :
C'était l'asile du mystère,
Et Cécile, avec abandon,
Chaque soir, au saint tutélaire
De son amour offrait le don.
Mon doux Jésus ! qu'elle était belle,
Lorsqu'elle entr'ouvrait ses grands yeux,
Et que sa timide prunelle
Avec ferveur lisait aux cieux !...
Qu'elle était belle, quand la lune
Venait percer l'ombre importune
D'un feuillage à peine écarté,
Et de sa lumière argentine
Laissait sur sa bouche enfantine
Trembler la mobile clarté !

Un soir, notre pauvre novice...,
(Voyez jusqu'où va la malice !
Écoutez, frémissez, mes Sœurs.)
Un soir donc, à l'heure ordinaire,
Au fond du réduit solitaire,
Elle avait apporté des fleurs :
Elle commençait sa prière,
Les mains jointes, les yeux baissés,
Et, sous ses doigts, du blanc rosaire,
Les grains d'ivoire étaient pressés.

Mais, quand elle eut vers la statue
Relevé son front incliné,
Combien son âme fut émue !...
Ciel ! un bouquet presque fané,

Celui qu'elle portait la veille,
Celui qu'avait touché son sein,
Au lieu de la rose vermeille
Dont elle avait orné le saint !...
Déjà la peur s'est éveillée
Au fond de son cœur innocent :
Sur l'humble pierre agenouillée,
Elle jette un bras caressant
Autour de l'image immobile
Du saint qu'elle invoque tout bas :
Protégez-moi, disait Cécile,
Mon Dieu, ne m'abandonnez pas !...
Hélas ! faut-il qu'il m'en souvienne !
Ici redouble mon émoi :
Une main frémit dans la sienne ;
Cécile pousse un cri d'effroi ;
Elle veut fuir, on la console,
Une voix cherche à l'apaiser :
Puis, mes Sœurs, à chaque parole,
On entend le bruit d'un baiser...

Les Sœurs commencent à trembler ; pâles et anxieuses, elles interrogent :

Que cette aventure est étrange !
Elle en mourut, mère Saint-Ange,
Sans doute elle en mourut de peur ?

La Supérieure s'empresse de les rassurer, tout en glissant sa petite morale :

Non, mes enfants ; mais à la ville
La belle et crédule Cécile
Fut épouser son ravisseur.
On lui prodigua les caresses ;
Elle eut plaisirs, honneurs, richesses ;
Mais elle regretta souvent,
Dans le faste de l'opulence,
Les plaisirs simples, l'innocence
Et la douce paix du couvent.

L'auteur de cette poésie avait à peine 19 ans !

Bientôt, Dovalle partit pour Paris : c'était son rêve. Paris, pour lui, c'était la gloire, l'avenir ; il croyait, comme bien d'autres, y ramasser des lauriers à brassées :

il n'y trouva qu'un tombeau. Pauvre papillon, lui le doux amant de la belle nature, il allait se brûler les ailes à la fournaise parisienne.

Dovalle, qui, comme nous l'avons dit, n'était pas riche, se trouva, dès son arrivée dans la capitale, aux prises avec les nécessités de l'existence. Il fut obligé de se consacrer à des travaux de jurisprudence ; il écrivait aussi dans le *Figaro*. Le soin de son avenir le retenait à Paris, mais son cœur n'était pas là : il était resté sur les bords enchanteurs du Thouet, au milieu de ces arbres verts dont il avait célébré la beauté.

En 1828, peu après son arrivée, il adressa à Béranger une chanson sur la Liberté où éclataient ses sentiments généreux.

Le chansonnier, qui recevait bien des missives de ce genre et qui n'y répondait pas souvent, fit une exception pour notre Dovalle : il lui en accusa réception dans cette lettre pleine d'une spirituelle bonhomie :

« MONSIEUR,

« Je suis heureux lorsque des hommes de votre âge me donnent des marques d'intérêt. Le suffrage de la jeunesse est celui qui me satisfait le plus. Aussi, je vous dois de doubles remerciements pour vos éloges et pour votre chanson qu'il m'est doux d'avoir inspirée. Je me garderai bien *d'en faire des papillottes, même à Lisette*, en supposant toutefois qu'il y ait encore des *Lisette* pour un chansonnier de 47 ans. Mais je vous engage bien à entremêler vos copies de jugements d'actes aussi agréables que celui dont communication vient de m'être faite. C'est ainsi que Collé, notre devancier, en usait chez le procureur ; et vous savez, Monsieur, que Collé était un grand clerc dans notre basoche.

« BÉRANGER. »

Dovalle se garda bien d'oublier les recommandations de Béranger et il imita de tous points Collé, entremêlant ses graves travaux de poésies légères telles que *Le Curé de Meudon*, cette chansonnette qui devint vite populaire et qui commença la réputation de l'auteur. La morale du curé[1] chanté par Dovalle était large, et elle devait être douce la houlette de ce pasteur plein de mansuétude qui disait à ses brebis :

> De rire un peu, n'allez pas refuser ;
> Le jour s'éteint, les vêpres sont finies,
> C'est un péché de ne pas s'amuser.

Étudions maintenant l'œuvre inachevée, il est vrai, mais pleine de grâce et de fraîcheur de Dovalle. Dans les vers du jeune poète, nous trouvons écrite sa vie tout entière, nous sentons les nobles aspirations de sa belle âme, sa modestie, son amour de la nature, sa douce mélancolie. C'est d'abord le *Sylphe* auquel il s'identifie :

> L'aile ternie et de rosée humide,
> Sylphe inconnu, parmi les fleurs couché,
> Sous une feuille, invisible et timide,
>   J'aime à rester caché.
>
> Le vent du soir me berce dans les roses ;
> Mais quand la nuit abandonne les cieux,
> Au jour ardent mes paupières sont closes ;
>   Le jour blesse mes yeux.
>
> Pauvre lutin, papillon éphémère,
> Ma vie, à moi, c'est mon obscurité !
> Moi, bien souvent, je dis : « C'est le mystère
>   « Qui fait la volupté ! »

C'est ensuite le *Premier Chagrin* :

> Un passé tout rempli de chastes jouissances,
> Des baisers maternels, du calme dans le port ;
> Un présent embelli de vagues espérances
> Et de frais souvenirs... amis, voilà mon sort !

---

[1] Rabelais.

L'avenir n'a pour moi qu'un gracieux sourire ;
J'ai dix-huit ans : mon âge est presque mon bonheur...
Je devrais être heureux... Non !... Mon âme désire
Et j'ai du chagrin dans le cœur.

Elle est encore mélancolique, cette exquise poésie : *Le poète méconnu*, où Dovalle, après nous avoir dépeint les débuts du poète, nous le montre désabusé, vieilli et délaissé :

Bientôt il trouve la vieillesse ;
C'est en vain qu'il s'est efforcé
De soustraire son front glacé
A la main du temps qui le presse ;
Alcyon flottant sur l'écueil,
Il appelle son âme errante,
Ouvre encore une aile mourante...
Et va tomber dans un cercueil !

Là seulement, pour le génie,
Commence la postérité :
Radieux d'immortalité,
Ressaisis ta gloire ternie,
Poète !... on t'abreuve de fiel,
Ton lit de mort fut solitaire,
Mais ton dernier pas sur la terre
Est ton premier pas vers le ciel !

Ce qui fait la supériorité de notre poète, c'est qu'il aborde tous les genres et qu'il les aborde avec succès. Nous venons de le montrer élégiaque, il nous apparaît puissant et lyrique dans *Velléda* :

Vierge aux yeux noirs, aux longs cheveux d'ébène,
Sous ses rochers, Velléda, l'œil en pleurs,
La lyre en main, le front ceint de verveine,
Aux vents ainsi confiait ses douleurs.

Spectres !... rentrez dans l'asile du crime !
Mais quoi !... ce sang... ces traits... ces boucliers...
C'est lui !... soldats, éloignez la victime !...
Où fuir ?... Grands dieux ! Ce sont des meurtriers !...

Les aspirations libérales du journaliste-poète éclatent dans cette belle chanson sur la Liberté dédiée à Béranger et intitulée *Mon Rêve*.

« Jeune imprudent, ne brave pas l'orage,
« L'indépendance est un mot oublié !
« Courbe ton front ! » me disait un vieux sage,
Qu'au char des grands la crainte avait lié.
« Que le bandeau qui couvre nos misères,
« Lui dis-je alors, par vous soit écarté :
« Mais moi, qui suis dans l'âge des chimères,
« Ah ! laissez-moi rêver la liberté ! »

Le mystérieux attrait qu'exerçait la nature sur la riche imagination de Dovalle ne se fait-il pas jour dans *La campagne après une pluie d'orage ?*...

De l'eau qui tombe goutte à goutte,
Chrysa, je n'entends plus le bruit :
Le ciel est clair, l'ouragan fuit ;
L'oiseau joue au bord de la route.

Entre les sentiers tortueux,
Sous les verts buissons d'aubépines,
Parmi les touffes d'églantines,
Chrysa, veux-tu venir tous deux ?
Les papillons du crépuscule
De nouveau brillent étalés,
Sous le vent la prairie ondule,
La caille chante dans les blés...

Et encore dans *Un jour de Mars ?*

Les arbres vont fleurir, ils ont des boutons roses :
J'ai vu des papillons qui volaient alentour ;
Dans un mois, ce sera le premier temps des roses...
J'aime le temps des fleurs, les fleurs parlent d'amour.

Il redit dans *La Cascade* son attachement au pays natal, à ce riant Montreuil où se sont écoulées les paisibles années de sa jeunesse et où il a laissé une partie de son cœur :

Oh ! comme l'air, ici semble exhaler la joie !
Le ciel, comme un cristal, s'étend immense et pur ;
Et le vaste horizon autour de vous déploie
Sa couronne d'azur.

Elle est aussi inspirée par le souvenir du clocher, par le vieux château fort qui domine la maison paternelle cette belle ballade, *La chasse invisible* :

. . . .
Et tout à coup une fanfare,
De longs et rauques aboîments,
Un bruit de meute qui s'égare,
Des ris, des pleurs, des hurlements,
Ainsi qu'une horrible tempête,
Roulèrent au-dessus des cours,
. Et firent trembler jusqu'au faîte
Les donjons et les vieilles tours.

La sensibilité, l'exquise bonté de Dovalle, apparaissent
dans le *Convoi d'un enfant*.

Un jour que j'étais en voyage
Près de ce clos qu'un mur défend,
Je vis deux hommes du village
Qui portaient un cercueil d'enfant.

Une femme marchait derrière
Qui pleurait et disait tout bas
Une lente et triste prière,
Celle qu'on dit lors d'un trépas.

Parfois, on sent que le poète a vingt ans ; il rêve dans
Premier Désir, une femme, la femme idéale :

. . . . Aimable et prévenante,
Amie, aux mauvais jours ; aux jours heureux, amante.

Il semble même l'avoir trouvée :

J'aime un œil noir sous un sourcil d'ébène,
Sur un front blanc, j'aime de noirs cheveux .
Et vous avez de longs cheveux d'ébène
Sur un front blanc, et le jais est à peine
Aussi noir que vos yeux.

Enfin, on était en pleine bataille romantique. Dovalle
n'eut garde de l'oublier, il affirma sa foi en la littérature
nouvelle, dans *La Muse romantique* :

Brûlant d'amour, palpitant d'harmonie,
Jeune, laissant jaillir tes vers brûlants,
Libre, fougueux, demande à ton génie
Des chants nouveaux, indépendants.
Du feu sacré si le ciel est avare,
Va l'y ravir d'un vol audacieux ;
Vole, jeune homme !... oui, souviens-toi d'Icare :
Il est tombé, mais il a vu les cieux !

Parfois il interroge l'avenir ; il voudrait percer les voiles qui lui cachent le mystérieux demain et se demande dans *Mon Avenir* :

> A quels desseins a-t-on voué ma vie ?
> De ma jeunesse ai-je perdu les fleurs ?
> De jours plus beaux doit-elle être suivie ?
> Ou, dévorant de muettes douleurs,
> Le soir encore, dois-je verser des pleurs ?

La réponse, hélas ! devait être trop prompte et trop cruelle. Au moment même où le poète chantait, plein d'illusions :

> Brillant d'un bonheur ineffable,
> Pour moi commençait l'avenir,
> Et ma jeunesse était semblable
> A la fleur qui vient de s'ouvrir [1].

. . . .

une stupide balle de pistolet venait arrêter le cours de sa brillante destinée.

. . . .

Reprenons maintenant la suite de notre récit.

Dovalle, que nous avons laissé comme rédacteur occasionnel du *Figaro*, fut enfin attaché, d'une façon permanente, comme rédacteur au *Journal des Salons*. Notre génération connaît peu ce journal, depuis longtemps disparu. Son directeur-fondateur, Louis Desnoyers, pour éviter le cautionnement, eut recours à un subterfuge. Il donna à sa publication quatre noms différents : *Le Sylphe*, (journal des Salons), *Trilby* (Album des Salons), *Le Lutin* (Écho des Salons), *Le Follet* (Courrier des Salons), qui paraissaient, les trois premiers deux fois par semaine, et le quatrième une fois seulement. Ce journal était imprimé sur papier rose, parce que « le besoin d'un journal rose se fait généralement sentir, » comme Desnoyers le déclare gravement dans son programme. Au moment de cette fon-

---

[1] *Le Sylphe*, Ladvocat, Paris, 1830.

dation, Desnoyers n'avait qu'une centaine de francs en sa possession ; c'était peu. Il trouva heureusement deux amis qui firent apport d'une somme analogue, et les trois jeunes gens s'associèrent. Dovalle, qui suivait les négociations, cherchait à aplanir les difficultés. M. Eugène de Mirecourt[1], dans sa biographie de Desnoyers, raconte le curieux dialogue qui s'engagea entre les trois amis quand il fut question de s'associer.

Aux premières avances de Desnoyers, MM. Cartiller et Vaillant éclatèrent de rire : « Mais tu es fou, s'écrièrent-ils ! Nous sommes logés tous les trois dans une mansarde et jamais on n'a vu installer un bureau d'abonnement au sixième étage.

— « Bah ! nous louerons un entresol », riposte Desnoyers.

— « Et des meubles ?

— « Il nous faut une table et trois chaises, rien de plus.

— « D'accord ; nous voilà tous à la besogne... Mais un administrateur ?

— « Nous administrerons nous-mêmes.

— « Un caissier ?

— « Pour le moment ce serait un hors-d'œuvre.

— « Où trouveras-tu le teneur de livres, le correcteur, le faiseur d'adresses ?

— « Toutes ces fonctions diverses seront remplies par nous mystérieusement et les portes closes. Allons, du courage ! »

Il les décida.

Chacun des associés versa dans la caisse une promesse de douze cents francs à prélever sur leurs économies futures et Louis Desnoyers se nomma rédacteur en chef[2].

On était alors aux temps héroïques de la presse. Le journaliste considérait sa profession comme un sacerdoce.

[1] *Louis Desnoyers*, par E. de Mirecourt. Gustave Havard, Paris, 1859.
[2] L. Desnoyers devait acquérir plus tard, une grande notoriété comme fondateur de la Société des « Gens de Lettres ».

Pour accomplir ce qu'il regardait comme un devoir, il ne craignait pas de s'exposer à de fortes amendes; il subissait même la prison. Telle était la courageuse attitude de cette vaillante presse libérale qui, par sa propagande incessante et hardie, semait ces grandes idées de progrès que les persécutions d'un pouvoir soupçonneux allaient faire germer. Voilà la carrière brillante mais dangereuse qui s'ouvrait devant Dovalle, voilà le singulier journal à la fortune duquel s'attachait le jeune écrivain, auquel il allait donner tout son temps, consacrer tout son talent. Désormais, dans les colonnes de cette feuille, Dovalle exprimera chaque jour ses convictions généreuses, avouera ses espérances de gloire et sa foi en un avenir moins sombre. D'appointements, il ne fut pas question : on payait ce qu'on pouvait et quand on pouvait; Dovalle n'était d'ailleurs pas un homme d'argent. Il demandait à son travail le pain de chaque jour et c'était tout; chez lui le désintéressement était à la hauteur du talent. Il est juste d'ajouter que, si les premiers jours du journal furent difficiles, il vint bientôt des temps meilleurs; l'*Écho des Salons* connut le succès et l'on put, non seulement vivre, mais encore réaliser d'assez jolis bénéfices.

Avec l'ardeur et la conscience qu'il mettait en toute chose, Dovalle s'attacha à ses nouvelles fonctions, mais, dit M. Louvet[1], « au milieu de ces occupations, la poésie n'en resta pas moins le principal objet de ses études, son incroyable activité suffisait à tout. Quand il avait assuré le présent par les travaux de la journée, il se délassait en travaillant pour l'avenir. Quelque chose d'inconnu l'avertissait de ne point laisser reposer son génie et de presser sa destinée. Il vivait retiré dans un quartier tranquille (il habitait une modeste chambre rue de la Harpe, hôtel d'Harcourt, n° 93). C'est là que, durant de longues

[1] *Le Sylphe*, Ladvocat, Paris, 1830. — *Poésies de Dovalle*, Charpentier, Paris, 1868.

heures de solitude, il confiait au papier cette surabondance d'idées, cette vivacité d'enthousiasme, cette puissance d'émotion, dont son âme était tourmentée. Ses inspirations n'avaient rien de factice, car, chez lui, le poète c'était l'homme; il écrivait parce qu'il avait senti; sa poésie était dans son cœur. Ses plaisirs étaient simples : quelques riantes causeries qu'il animait par sa douce gaieté, quelques promenades avec un ami, tels étaient les délassements qui variaient son existence. Quelquefois, l'hiver, assis au coin du feu, près d'un camarade d'enfance, il se plaisait à rappeler des souvenirs de collège et à faire revivre un passé qu'il embellissait de toute la fraîcheur de ses idées. Peu à peu, les souvenirs faisaient place aux projets, les deux causeurs s'animaient en formant des plans de vie future; on faisait des rêves de gloire, d'amour, de bonheur; on se berçait de brillantes chimères, on souriait à un avenir improvisé par des imaginations de vingt ans. »

De son côté, M. L. Desnoyers écrivait dans l'*Écho des Salons* :

« Que sont de banales circonstances à côté d'émotions profondes; l'existence du poète est tout intérieur, tout intellectuelle; sa vie, c'est l'histoire de son âme. A ce compte, nulle histoire d'homme ne fut mieux remplie que celle de Dovalle. Doué d'une sensibilité extrême et de cette candeur d'illusions que le génie seul a l'heureux privilège de conserver toujours, il fut un de ces êtres, si rares en tous les temps, pour qui la nature est une amante et le monde un ami. Rien ne lui était indifférent, car tout parlait à son cœur un langage intelligible : l'adieu d'un camarade, une lettre de mère, un sourire de femme, un rayon de soleil, que sais-je? Un rien, un oiseau qui s'envole, une fleur, un brin d'herbe dans ses longues promenades, tels étaient les véritables événements, telles étaient les grandes péripéties de sa vie de poète. Et cette vie, vous la trouverez écrite larme par larme, joie par joie, dans ces suaves mélodies dont, hélas ! une mort de jeune homme, et non pas la vieillesse, a fixé le nombre. Légère à la fois et mélancolique, pleine d'une grâce ineffable, d'une naïveté virginale, sa poésie, toute d'inspiration, n'est, pour ainsi dire, qu'une confidence intime, une révélation de son cœur, un parfum de son âme. »

C'est à propos d'un article intitulé *Spectacle*, que Dovalle avait fait paraître dans l'*Écho des Salons*, numéro du vendredi 27 novembre 1829, qu'eut lieu le duel qui lui coûta la vie. Voici dans quelles circonstances :

Dovalle, comme rédacteur du journal, avait ses entrées aux Variétés. Il se présenta un soir au contrôle, où on lui refusa sa carte ; le jeune rédacteur protesta auprès du directeur du théâtre, qui n'accueillit pas sa réclamation. Ce directeur était M. Mira. Il était très laid ; ce n'était pas sa faute, la nature l'avait fait tel ; Dovalle eut tort de l'oublier. Pour se venger, il écrivit dans le *Lutin* : « Mira peut être Mira-sévère, mais il ne sera jamais Mira-beau (Mirabeau). » Cet article de journal, quoique d'un goût douteux, ne portait cependant aucune atteinte à l'honneur de M. Mira. Cette charge du *Lutin* nous semble bien enfantine, à nous qui sommes, à notre époque, habitués à voir la presse se livrer à des attaques autrement violentes ; c'était une simple boutade d'un jeune écrivain dont l'amour-propre avait été froissé et qui ne méritait certainement pas la provocation que M. Mira adressa au directeur de l'*Écho des Salons*. Louis Desnoyers, loin de se dérober, s'empressa d'accepter la responsabilité de cet article et partait tranquillement, dans la matinée du 30 novembre 1829, pour la rencontre convenue, quand Dovalle, survenant et mis au courant de ce qui se passait, se déclara l'auteur de la Chronique théâtrale jugée outrageante. Il y eut, pendant un moment, une lutte chevaleresque entre les deux amis : Desnoyers insistant pour aller

2

sur le terrain, et Dovalle déclarant que personne ne se battrait à sa place. Il fallut bien lui céder. Dovalle se rendit donc à Clignancourt, dans une ancienne redoute jadis élevée pour la défense de Paris, et qui avait été choisie comme lieu du combat.

La conduite du jeune écrivain était d'autant plus courageuse qu'il n'avait jamais manié ni une épée, ni un pistolet. Les témoins ne prirent aucune des précautions d'usage; ils manquèrent à tous leurs devoirs. Un duel n'était nullement nécessaire; est-il d'ailleurs des duels nécessaires?... Les arbitres, cependant, ne semblent avoir fait aucun effort pour éviter la rencontre. Ils oublièrent trop ces belles et profondes paroles de J.-J. Rousseau : « Gardez-vous de confondre le nom sacré de l'honneur avec ce préjugé féroce qui met toutes les vertus à la pointe d'une épée et n'est propre qu'à faire de braves scélérats. »

Stoïque et résigné, Dovalle, le front haut, se présente à son adversaire... Pendant qu'on examine les armes, il s'écarte un instant, trace quelques mots sur son album, un adieu suprême à sa famille!... Le combat s'engage d'abord à l'épée, et Dovalle blesse Mira. Les témoins avaient alors le droit, que dis-je, ils avaient le devoir, le devoir impérieux, d'arrêter le duel et de déclarer l'honneur satisfait, puisqu'ils estimaient que du sang devait effacer une innocente plaisanterie. Mais non. Avec une insouciance, une légèreté que leur jeunesse ne saurait excuser et qui devaient amener nécessairement une terrible catastrophe, ils décidèrent que les adversaires continueraient de se battre au pistolet. Trois balles furent échangées sans résultat, mais la quatrième atteignit Dovalle en pleine poitrine : il tomba frappé mortellement!...

La balle avait traversé tout son corps pour aller trouer le carnet qui devait porter à sa mère ses dernières pensées. (Cette relique est conservée au Musée de Saumur.) On ne peut voir ce portefeuille taché de sang sans éprouver une douloureuse émotion!

Transporté dans une maison voisine, chez un pauvre
bûcheron, où on le coucha sur la paille, Dovalle vécut
encore quelques heures, conservant toute sa connaissance
et ne laissant échapper aucune plainte contre son impi-
toyable adversaire. « On eût dit que cette pauvre âme ne
voulait pas quitter ce corps meurtri, et que cette voix ne
voulait pas s'éteindre, qui avait tant, et de si nobles, et de
si douces choses à chanter!... [1] »

Le coup fut terrible pour les amis du poète!... Les
funérailles eurent lieu à Paris, le 30 novembre 1829, en
l'église de Montmartre. Victor Pavie, un Angevin lui
aussi, nous raconte cette funèbre cérémonie [2] : « La nouvelle de cette mort, relevée par tous les échos de la presse,
nous atterra. L'*alter ego* de Charles Dovalle et son
intime confident, l'autre Charles, chez qui les fraternités
du collège se compliquaient des proximités du berceau,
était Charles Louvet. Haletant et éperdu, il vint dans la
soirée nous convier aux funérailles du lendemain. D'une
main serrant nos mains, de l'autre main celle des autres,
Louvet, l'ami complet de tous les points, à tous les titres,
reliait les deux groupes par l'expansion de sa douleur et
les confondait en un.

« A cent pas de la redoute, une lueur sinistre, entrevue
à travers les rideaux d'une fenêtre, indiquait la chambre
mortuaire... Le convoi se mit en marche. Alexandre
Dumas pour la poésie, Louvet pour le pays et le foyer,
Louis Desnoyers et Cartiller pour la confraternité littéraire, tenaient les cordons du poêle et, à l'entrée de
l'église, le curé, prêtre à cheveux blancs, penché sur la
croix du cercueil en tira des paroles d'oubli et de pardon
propres à l'apaisement de cette frémissante jeunesse. » Le

---

[1] Jules Claretie, *Élisa Mercœur*, Bachelin-Deflorenne, 1864.
[2] Victor Pavie, *Mémoires de la Société d'Agriculture, Sciences et
Arts* d'Angers (1869).

duel, ce reste de l'antique barbarie comptait une victime de plus : Dovalle était mort !...

Il restait à ceux qui l'avaient connu et aimé à publier ses poésies et à lui élever un monument digne de lui. Un grand mouvement de sympathie se produisit à l'occasion de la mort de cet infortuné poète ; ses amis profitèrent habilement de cette émotion pour ouvrir une souscription qui fut vite couverte. On lui éleva dans le cimetière Montmartre une colonne de marbre blanc qui, nous dit Victor Pavie, était surmontée « d'une coupe noire que les lèvres de Dovalle avaient effleurée et où les oiseaux du ciel viennent boire ». Cette description, très poétique, n'est plus exacte aujourd'hui. Nous avons fait le douloureux pèlerinage du cimetière Montmartre, nous sommes allé voir la tombe de Dovalle : elle est bien abandonnée la blanche colonne !... L'herbe pousse tout autour et la rouille s'attache à la grille qui l'entoure... Oh ! comme ils serrent le cœur, ces tombeaux délaissés !... On sent que non seulement les parents, mais que les amis eux-mêmes ne sont plus ; l'oubli, le froid oubli, ce second linceul des morts, s'attache à cette mémoire qui méritait mieux... La colonnette n'est plus surmontée d'une coupe noire, une croix est fixée au sommet.

Voici, d'ailleurs, l'état de situation de sépulture :

RÉPUBLIQUE FRANÇAISE

CIMETIÈRE DU NORD

Le conservateur soussigné certifie que le corps de M. Dovalle a été inhumé et placé en concession perpétuelle, 30° division, 2° ligne, n° 38, croix[1].

---

[1] Nous reproduisons ce document, pour bien établir l'état actuel de la tombe de Dovalle, décrit d'une façon différente dans des publications récentes.

L'inscription est toujours très apparente. On y lit facilement ces vers :

> L'avenir n'a pour moi qu'un gracieux sourire,
> J'ai dix-huit ans, mon âge est presque le bonheur.

L'inauguration du monument

Le samedi 8 mai 1830, eut lieu solennellement l'inauguration du monument de Dovalle. Nous ne reproduirons pas le discours prononcé à cette occasion par l'ami dévoué de notre cher compatriote, M. Louvet. Ce qu'il dit d'ailleurs, cet ami des bons et des mauvais jours, chacun le ressentait : il célébra le talent du poète et déplora cette mort fatale. Un journal de l'époque va vous raconter la cérémonie [1] :

« Avant-hier samedi, à sept heures du matin, une réunion, composée des amis de Dovalle, s'est rendue au cimetière de Montmartre où sont déposés les restes du poète. Une colonne de marbre blanc, surmontée d'une urne noire et entourée d'un grillage en fer, tel est le simple monument qui lui a été élevé. M. Louvet a lu un discours empreint d'une sensibilité profonde et d'une douloureuse éloquence. Quelques autres personnes ont prononcé avec émotion de touchantes paroles ; chaque cœur était attendri, chaque paupière était humide. Deux pièces de vers, l'une de M. Gustave Drouineau, l'autre de M. Philippe Boucher, ont encore été récitées. Nous croyons plaire à nos lecteurs en les reproduisant :

A DOVALLE

> Je ne t'ai point connu, Dovalle et je t'aimais ;
> Oui, j'aimais ta fierté qui ne rampa jamais ;

---

[1] *Le Sylphe* du lundi 10 mai 1830. — *Poésies de Ch. Dovalle*, Charpentier, 1868.

J'aimais ces vers légers où vit encore ton âme,
J'aimais ce cri d'amour qui demande une femme.
Ces doux rêves d'espoir où ton cœur est à nu ;
Naïf comme un enfant, bon, sensible, ingénu.
Dans un sombre lointain ne voyant pas la tombe,
Et poète devant une feuille qui tombe,
Une fleur qui s'entr'ouvre, un beau soir qui finit,
Un jour glacé de mars qu'un nuage brunit,
Un regard qui promet, un sourire qui s'efface
La calèche qui roule, une femme qui passe.

Poète par le cœur, poète inachevé :
Doux comme un souvenir, comme un bonheur rêvé,
On respire en tes vers une vague ambroisie,
Je ne sais quel parfum de tendre poésie ;
Et ton nom sur la tombe, à présent incrusté,
Dovalle, appartenait à la postérité !
Il est là !... le sommeil à jamais !... le silence
A jamais !... Vainement l'arbuste se balance,
En vain brille ce ciel qu'il venait méditer :
Il n'a plus de voix, jamais, pour les chanter !...

Encor si l'on savait le secret de la tombe !...
Si l'âme s'élevait, ainsi qu'une colombe,
A travers l'infini, vers cette immensité
Où Dieu jouit du tout et de l'éternité ;
Si l'âme, se trouvant sous la forme d'un ange,
S'enivrait pour toujours de bonheur sans mélange ;
Si rejetant la coupe où l'on boit tant de fiel,
Les âmes qui s'aimaient se revoyaient au ciel ;
Si les plaisirs sacrés du céleste domaine,
Qui n'auront pas de mot dans toute langue humaine,
Dont notre esprit a soif et qu'il ne conçoit pas,
Se montraient devant nous au-delà du trépas.

Espérons !... Qui de nous n'a des chagrins dans l'âme ?
Qui n'a pas à pleurer un bon père,..... une femme,
Auprès de qui, sans gloire, on voudrait vivre seul ?...
Eh ! qui pourrait vêtir des longs plis du linceul
Un corps à moitié froid, une tête chérie ;
Sans crier : « Au revoir ! dans ta sainte patrie,
« Belle âme ; garde-moi ma place près de toi ! »
Cet espoir, ces désirs, ces larmes, c'est *la foi !*

Oui, j'en crois ce besoin que Dieu mit en notre âme,
Ce noble instinct des cieux qui m'attire et m'enflamme,
Ce désir éthéré qui n'a rien d'ici-bas ;
Il est un autre monde, un terme aux saints combats,

Une fête éternelle où Dieu même convie,
Un bonheur indicible, un grand but à la vie,
Un sublime repos aux efforts de l'esprit ;
Il est un pur amour qui jamais ne tarit
Un port aux malheureux libres de toutes craintes,
Devant le Dieu de tous une égalité sainte,
Des prix à la vertu, des regrets aux pervers,
Un culte universel au Dieu des Univers.

La voix de l'homme ici ne sera pas muette
Pour toi, Dovalle ! Hugo t'a proclamé poète,
Béranger devina ta gloire à son matin,
Et tes vers publiés commencent leur destin !
Adieu !.. Va, cet adieu qui de nos lèvres tombe,
Ce n'est pas le dernier... Nous viendrons sur ta tombe,
Qu'à ton nom, bon jeune homme, élèvent tes amis,
Le front triste, rêveur, à pas mal affermis,
Lire tes vers... Ici l'étranger qui s'arrête,
Attendri comme moi, dira, baissant la tête :
Adieu, jeune poète, adieu ! C'est à jamais !...
Je ne t'ai point connu, Dovalle, et je t'aimais.

Gustave DROUINEAU.

A DOVALLE

Un passé tout rempli de chastes jouissances,
Des baisers maternels, du calme dans le port,
Un présent embelli de vagues espérances,
    Disais-tu, « c'est mon sort ».

Et tes jours s'envolaient, jeunesse folle et vive
Sans nul pressentiment qui les vint alarmer,
Et la vie était douce à ton âme naïve,
    Et tu savais aimer.

Il fallait à cette âme un sourire de femme,
Et puis de l'amitié les mots consolateurs,
Et puis ce qui paraît grand et beau, car ton âme
    Sentait tous les bonheurs.

Hélas ! tu commençais à peine l'existence ;
Ton cœur à la vertu s'était habitué,
Et tu meurs... Gloire, amour, bonheur, joie, espérance,
    La balle a tout tué !...

Pourquoi, le sort veut-il que si jeune on succombe !
Poète ! être poète ! et mourir à vingt ans !
Mourir... Et puis qu'il faille enfermer dans la tombe
    Un cœur si plein de chants !...

Ah ! peut-être aurais-tu, sans cette mort fatale,
Atteint le but sublime auquel nous cheminons ;
Peut-être l'avenir eût mis ce nom : Dovalle,
    A côté des grands noms.

Dors, toi qui fus sans haine et qu'oublia l'envie,
Enfant vers qui, mourant, le monde s'est tourné...
A qui beaucoup aima, beaucoup dans l'autre vie
    Doit être pardonné !...

Philippe BOUCHER.

Une édition des œuvres de Dovalle parut en 1830, chez Ladvocat au Palais-Royal, et fut promptement enlevée ; les volumes en sont aujourd'hui très rares et fort recherchés. Une seconde édition, parue chez Charpentier en 1868, est également épuisée et les exemplaires en sont à peu près introuvables.

La mort de Dovalle ne porta point bonheur à M. Mira, dont Jules Janin, dans son *Histoire de la littérature dramatique*, nous raconte la triste fin.

« Depuis ce jour funeste, rien ne réussit à M. Mira. Il passait dans la rue et, bien que le combat eût été loyal en toutes choses, à peine si ses amis lui tendaient une main dédaigneuse. Il avait une place, elle lui fut enlevée, une fortune, il la perdit et il ne fit plus que mener une existence vagabonde, vivant à grand'peine et entraînant dans la misère une jeune femme aimée et honorée de tous. Enfin, il est mort obscurément, et chacun disait : « Pauvre Dovalle » !... Il n'est pas bon d'avoir les mains tachées de sang, il n'est pas bon d'entendre sans cesse à son oreille déchirée le râle d'un malheureux qu'on aura tué pour un coup d'œil, pour un rien. »

AU PAYS NATAL

Les communications n'étaient pas rapides à cette époque (1829) : le télégraphe électrique n'étant pas encore inventé, les nouvelles parvenaient lentement. La bourgeoisie de Montreuil-Bellay, assez nombreuse alors, avait coutume de se réunir au café du père Arnault[1] ; là, on faisait la partie, la sage et monotone partie de cartes, et on lisait le journal. C'est dans ce café, en parcourant une gazette, que M. Dovalle père apprit l'épouvantable malheur qui le frappait. Dire sa désolation, dire surtout le désespoir de cette mère infortunée qui, jusqu'à son dernier jour, porta le deuil d'un fils en qui reposaient toutes ses espérances, serait chose impossible.

Tout le monde, dans la petite ville, prit part au deuil qui atteignait cette famille si universellement estimée. Chacun, à ce moment, semblait avoir compris qu'un grand malheur était arrivé ; chacun sentait que cette balle inconsciente était venue arrêter, dans sa marche vers la gloire, un génie qui n'avait pu donner sa mesure. Pour qu'on se fasse une idée de l'impression populaire, nous publions une pièce de vers due à un habitant du pays, A. Aumétayer[2]. Cette poésie, loin d'être remarquable, est plutôt mauvaise ; le rythme en est absent, la rime n'en est pas riche, mais, malgré ces défauts, malgré l'emphase du poète improvisé, elle nous renseigne sur l'état d'esprit des

[1] Père du fondateur du premier hippodrome de Paris, que son esprit devait rendre célèbre.

[2] *Poésies*, par Aumétayer, Toulon, Aurel éditeur, 1837.

compatriotes de Dovalle et nous montre qu'eux aussi savaient apprécier le talent du jeune écrivain.

CHARLES DOVALLE

N'avez-vous point compris, dans Paris, ce délire
Quand du jeune poète on vit mourir les chants.
Penchés sur le cercueil où reposait sa lyre
On entendait le soir de tout petits enfants
Prier, gémir, pleurer... Au sein de leurs alarmes,
Ils s'embrassaient ensemble et, s'inclinant encore
Sur la tombe muette où l'on versait des larmes :
« Nous ne le verrons plus, disaient-ils, il est mort ! »

Il est mort tristement, ce jeune homme timide,
« Victime de l'envie, il est mort, disaient-ils... »
Et des vierges en pleurs, couvrant leur joue humide
De voiles aussi blancs qu'étaient noirs leurs sourcils,
L'œil baissé, se rendaient au lieu de leurs alarmes ;
Des enfants les suivaient et répétaient encore
Sur la tombe muette, où l'on versait des larmes :
« Nous ne le verrons plus, le bon Charles, il est mort ! »

Une mère, au tombeau, s'avançait la première,
Son enfant d'une main et de l'autre des fleurs,
Et les vieillards en deuil, récitant la prière,
Contemplaient ses débris, qu'ils arrosaient de pleurs.
Les enfants partageaient leurs communes alarmes ;
Ils s'embrassaient ensemble et, s'inclinant encore
Sur la tombe muette où l'on versait des larmes :
« Nous ne l'entendrons plus, disaient-ils, il est mort ! »

Et ses amis d'enfance, au sein de leur détresse,
Comme privés d'espoir, déploraient leur malheur :
Une femme, près d'eux Zélie, en sa douleur,
Dans l'ombre murmurait des soupirs de tristesse
Et se disait : Mon Dieu, le reverrai-je encore !
Et les petits enfants, dans leurs vives alarmes,
Inclinés sur la tombe, où l'on versait des larmes :
« Nous ne le verrons plus, disaient-ils, il est mort ! »

Et puis l'on entendait, au fond du cimetière,
Le murmure des voix qui pleuraient tristement :
Ici, c'était un fils, ailleurs c'était un père,
Là, c'était un vieillard et, plus loin, un enfant :
Tous partageaient de cœur leurs touchantes alarmes,
Ils s'embrassaient ensemble et répétaient encore,

A genoux sur la tombe, où l'on versait des larmes :
« Nous ne le verrons plus, le bon Charles, il est mort ! »

Si je foule sa tombe, où fleurit une rose,
Triste, j'arrêterai mes pas silencieux
Et me dirai : « C'est là que sa cendre repose... »
En essuyant les pleurs qui mouilleront mes yeux ;
« Avec sa lyre il dort sous cet angle de terre,
« Lui qui reçut le jour où je demeure encore,
« Où je vis succomber et son père et son frère...
« Et, loin de leurs tombeaux, le pauvre Charles est mort ! »

L'unanimité des regrets excités par la mort de Dovalle ne put hélas adoucir la douleur des parents du jeune et brillant écrivain.

Les marques d'intérêt que chacun leur prodiguait ne pouvaient leur faire oublier la pâle et sanglante figure de ce malheureux enfant enlevé à la fleur de son âge. Mais si sa destinée à lui fut terrible, celle des siens ne fut pas moins lamentable.

Un de nos grands écrivains, un des membres les plus distingués de l'Académie française, M. Jules Claretie, a raconté la tragique histoire de la famille du poète. Nul roman ne saurait être aussi dramatique que ce récit. Nous reproduisons l'article tel qu'il parut jadis dans le feuilleton du journal *Le Temps* ; nos lecteurs le liront certainement avec intérêt[1] :

UNE FAMILLE TRAGIQUE

Charles Dovalle et ses parents

« Il a été souvent question de la fatalité dans les feuilletons depuis la reprise d'*Œdipe-Roi*. Le destin, cruel à certaines races antiques, n'a pas épargné telles ou telles familles modernes. Il est éternel le *Fatum !* J'y songeais justement en me rappelant une communication, d'un intérêt dramatique poignant, qui m'a été faite par la sœur du poète

---

[1] Nous sommes heureux de remercier ici M. Jules Claretie de la bienveillance avec laquelle il nous a autorisé à reproduire cet article.

Dovalle, Charles Dovalle, l'auteur du *Sylphe*, livre aujourd'hui précieux, pour lequel Victor Hugo écrivit une éloquente préface, Dovalle, tué en duel par Mira, directeur des Variétés et frère du comique Brunet. Un poète jeune, glorieux, aimé, plein de rêves, d'espoirs, de foi, — tué par le frère de Jocrisse !

« Ce fut là un des drames les plus poignants de l'histoire littéraire, et toute la génération de 1830 a gardé de Charles Dovalle le souvenir le plus attendri. On lui a fait une place à part dans le Panthéon des gloires inachevées. On s'est ému sur sa destinée, — quelle fatalité pesait sur ce jeune homme ! s'écriait Jules Janin. — Et si l'on avait su l'histoire non seulement de Dovalle, mais de ses parents, de quelle pitié profonde on eût tressailli ! Cette histoire, cruelle comme une tragédie antique, je puis la raconter aujourd'hui.

« La voici. Il n'y a pas de roman qui puisse égaler en terreur une semblable réalité.

« Lorsque Marie-Espérance Lecompte épousa Charles-Louis Dovalle, le père du poète, elle était orpheline et avait été élevée par son grand-père, M. Lecompte, propriétaire à Montreuil-Bellay, petite ville de Maine-et-Loire. Marie-Espérance, étant unique enfant, devait hériter seule de la fortune de son grand-père ; elle avait aussi à Saumur une tante, Mme Bricheteau, dont elle était l'unique héritière. Or, Mme Bricheteau avait à son service, comme domestique, une certaine Anne Robineau, également de Montreuil-Bellay. Cette fille, remarquablement belle, était entrée à son service à l'âge de 15 ans. Elle devint bientôt la maîtresse d'un cousin de Mme Bricheteau, qui lui promit de l'épouser « s'il devenait très riche, a-t-elle dit pendant les débats du procès dont elle fut l'héroïne ». Dans le cas où M. et Mme Dovalle mourraient sans enfants, le cousin était appelé à recueillir leur succession. Mais il fallait pour cela que Mme Dovalle eût hérité de son grand-père et de sa tante.

La servante Anne Robineau entreprit cette sinistre besogne. M. Lecompte, vieillard octogénaire, mourut, et l'on dit dans le pays : *il est mort de vieillesse.*

« Mme Bricheteau, très maladive depuis des années (Anne Robineau lui versait du poison goutte à goutte depuis longtemps), succomba à son tour. Il ne vint à l'esprit de personne que la *belle Annette* pût être l'auteur de la mort de *sa chère maîtresse*, comme elle l'appelait ordinairement. Elle lui avait fait prendre de l'arsenic par petites doses pendant cinq ans.

« Anne pleura amèrement *sa chère maîtresse*, porta son deuil, et la confiance de la famille était telle que M. Dovalle conserva cette fille à son service, lui confiant la garde de la maison de Mme Bricheteau, à Saumur, et la chargeant de recevoir le blé que les fermiers devaient et de le conserver dans les greniers en attendant le moment de le vendre.

« Anne Robineau se procurait de l'arsenic chez un pharmacien qui la connaissait depuis longtemps, sous prétexte de faire *une bonne pâtée* aux rats qui trottaient toute la nuit dans le grenier au blé. Ça me fait peur, disait-elle, car je pense toujours à *ma chère maîtresse* et il y a des nuits où je crois que c'est son âme qui revient.

« La mère de Charles Dovalle avait donc recueilli toutes les successions convoitées par la belle fille; mais Mme Dovalle avait deux enfants. La mort des pauvres petits fut résolue; Annette ne les ferait pas mourir le même jour, mais à quelques mois de distance.

« Un dimanche, Anne Robineau vint voir son frère à Montreuil, et Mme Dovalle la retint à dîner chez elle, lui disant qu'elle ferait un meilleur repas. Ce fut ce jour-là qu'elle empoisonna le petit Charles (l'aîné du poète qui, en naissant, fut baptisé du nom du petit mort). Un médecin de campagne déclara que l'enfant était mort du croup. Quelques mois après, la petite Clara disparaissait de la

même manière sans qu'aucun soupçon ne tombât sur Anne
Robineau, qui semblait, au contraire, pleine de tendresse
pour les enfants, les soignant, les amusant et leur faisant
avaler avec douceur le potage empoisonné qu'ils trouvaient
mauvais : « Mangez, mangez, mes chéris, la soupe fait
grandir ! » leur disait-elle.

« Les deux petits une fois disparus, Anne devait se
hâter pourtant, car Mᵐᵉ Dovalle allait, dans deux mois,
donner le jour à un autre enfant (ce devait être Charles
Dovalle), et il fallait du même coup empoisonner le père,
la mère et l'enfant. Un jour elle apporta des poulets dus
par les fermiers, et Mᵐᵉ Dovalle la garda encore à dîner. Il
y avait ce soir-là, chez les Dovalle, un avocat de Saumur
et sa sœur. Anne se mit à aider la cuisinière et elle l'envoya
au jardin avertir ses maîtres que le repas était prêt ; pendant ce temps-là elle jeta l'arsenic dans le potage. Elle
arrêta Mᵐᵉ Dovalle au passage et, la voyant triste, elle lui
dit : « Ne pleurez pas toujours comme ça, ma chère dame,
vous vous ferez du mal, surtout dans l'état où vous êtes ;
celui-là qui va venir vous consolera des autres petits
mignons qui sont morts ! Allez vous mettre à table et
mangez pour prendre des forces. »

« En entrant dans la salle à manger, Mᵐᵉ Dovalle dit tout
d'abord : « Ah ! que le potage sent bon ; je crois que je vais
« manger aujourd'hui, je me sens faim ! » On se mit à
table et Mᵐᵉ Dovalle mangea fort peu de potage, disant
qu'il lui donnait mal au cœur. Je raconte tous ces détails
comme ils m'ont été confiés, sans phrases. Les deux invi-
tés se plaignirent aussi de nausées ainsi que M. Dovalle,
qui trouva au potage « un drôle de goût ».

« A la cuisine, les deux bonnes vomissaient et Anne
essayait sans succès d'en faire autant car elle n'avait pas
mangé de potage, mais les autres domestiques étaient
très malades ayant absorbé ce qui restait. L'une des deux
cependant se traîna chez une voisine et raconta ce qui se

passait. La voisine accourut et, observant Annette, elle lui dit : « Si vous preniez ce tilleul qui est là sur le fourneau, « cela faciliterait sans doute vos vomissements ! » et elle lui tendit la tasse qui venait d'être remplie pour Mme Dovalle.

« Au moment où la tasse lui fut présentée, la belle Annette eut un tel mouvement de répulsion que les soupçons de la voisine s'éveillèrent ; la brave femme courut chez le médecin et chez le juge de paix. Anne Robineau fut arrêtée et on trouva sur elle une forte dose d'arsenic. La servante dénonça son complice et tous les deux furent guillotinés à Angers.

« Mme Dovalle accoucha avant terme du poète Charles Dovalle, dont la santé ne fut pas trop compromise par une telle secousse. Mais M. et Mme Dovalle et leurs deux amis souffrirent toute leur vie de douleurs violentes, et les deux domestiques gardèrent des crampes d'estomac et moururent jeunes.

« Devant la Cour d'Assises de Maine-et-Loire, Anne Robineau dit aux jurés : « Vous me condamnerez à per- « pétuité, je le sais bien, mais vous ne me condamnerez « pas à mort, car vous ne verrez jamais *une aussi* « *belle créature que moi!* » C'était exact. Elle était superbe. On chanta bientôt, dans les rues d'Angers, une complainte intitulée : *La belle Annette* (1807). Sa beauté ne l'avait pas sauvée du couperet.

« Le souvenir de cette épouvante était oublié pour M. et Mme Dovalle, qui avaient eu quatre enfants depuis la mort de leurs aînés, lorsque, le 30 novembre 1829, Charles Dovalle parti pour Paris afin d'y rimer des vers, d'y écrire des pièces, d'y cueillir le rameau d'or des élus, fut tué en duel par Mira, directeur des Variétés. . . . . . .

. . . .

« De cette jeune renommée, de cette gloire naissante, de ces ardents espoirs dont j'ai là les preuves dans les manuscrits que sa sœur m'a donnés, il ne restait plus qu'un nom — et un cadavre !

« Le père faillit encore succomber de douleur. Il y avait encore trois enfants au foyer de M. et Mme Dovalle : Firmin, Clara et Hermance.

« Firmin était dans une maison de commerce à Saumur ; mais son père le rappela près de lui afin de le mettre au courant du travail de la perception dont il était titulaire. Clara, âgée de 17 ans, se maria en 1832, perdit ses trois enfants et fut fort malheureuse. Elle survit maintenant à tous les siens. Mais comment les a-t-elle perdus ? Ah ! l'*Ananké* de Hugo.

« Le 29 décembre 1834, M. Dovalle, le père, qui était percepteur du Puy-Notre-Dame [1] (canton de Montreuil), venait de passer la soirée avec sa fille Clara et ses enfants. Sombre depuis la mort de Charles, il parut encore plus sombre que de coutume et, après s'être longuement promené sur la terrasse, il embrassa sa fille avec émotion en lui disant *adieu*. « Non pas adieu, mais *bonsoir*, lui répon-
« dit-elle, puisque tu nous restes jusqu'à demain ! »

« — C'est vrai, dit M. Dovalle, mais je partirai de si bonne heure que tu ne seras pas éveillée !

« Et ses yeux étaient pleins de larmes en l'embrassant de nouveau.

« Le 2 janvier 1835, M. Dovalle n'était pas de retour dans sa famille, et on venait annoncer qu'après avoir versé les fonds d'État à la recette, déposé ses reçus, sa montre et son testament à l'hôtel où il était descendu, il était allé se tirer un coup de pistolet en pleine campagne.

« Un billet écrit de sa main disait qu'il ne pouvait plus supporter l'existence et qu'il s'était résolu à mourir le jour anniversaire de celui où on lui avait annoncé la mort de son fils aîné.

---

[1] La famille Dovalle possédait une petite propriété à Sanziers, commune du Puy-Notre-Dame.

« Il avait attendu cette date du 1er janvier 1835 pour
que son fils Firmin fût en âge de le remplacer comme percepteur. Sa fille aînée était mariée ; il ne restait plus
qu'Hermance, dont il désignait lui-même le tuteur. Il
rejetait la vie comme un fardeau trop lourd !

« Firmin Dovalle partit alors pour Paris, afin d'obtenir
la perception dont son père était titulaire. Il va voir
Félix Bodin, député de Maine-et-Loire, collaborateur de
M. Thiers dans la première édition de la *Révolution française*. Félix Bodin reçut le jeune homme assez mal et lui
enleva tout espoir d'obtenir la place qu'il sollicitait.

« Firmin revint très découragé ; mais le receveur parti-
culier de Saumur, qui avait beaucoup aimé M. Dovalle
père, s'intéressa au jeune homme et le fit nommer percepteur de Gennes-sur-Loire. Cette compensation ne satis-
faisait pas Firmin Dovalle, et il était désolé de quitter sa
mère et ses sœurs. Pourtant le départ est résolu, et le
frère du poète doit aller prendre possession de sa perception de Gennes ; la veille il fait ses adieux à sa famille,
les voitures de déménagements attendent devant la maison
vide, où ni Mme Dovalle ni ses filles n'entrent plus depuis
la mort du père, et dès quatre heures du matin les conduc-
teurs arrivent.

« Ils frappent, appellent « M. Dovalle, M. Firmin » ;
rien ne répond. La chienne de chasse, Flore, pousse des
hurlements lugubres. Un serrurier ouvre la porte de la
maison. Un silence de mort règne dans ces pièces dont
tous les meubles avaient été enlevés ; la chienne, hurlant
toujours, guide les voisins accourus au bruit jusqu'à la
cave, et là, on trouve Firmin Dovalle étendu sans vie dans
une mare de sang.

« A coté de lui, son fusil de chasse, puis tout près une
toque ayant servi longtemps à son père et un portefeuille
ayant appartenu à Charles, sur lequel on lisait, à moitié
effacé par des larmes :

4

« Comme mon frère, moi je voulais une femme,
« Une femme aux doux yeux, qui promet le bonheur.
« Et je vous vis... alors... j'ai senti dans mon âme.

. . . .

« Mais il me faut de l'or... l'or est la clef du cœur.

« Firmin Dovalle mourait tué, sans doute par un amour sans espoir (2 juillet 1835).

« Il ne restait plus de toute cette famille que trois femmes désespérées. Mlle Hermance Dovalle se maria deux ans après la mort de son frère Firmin avec un jeune avocat d'Angers, M. Guilbault, qui la laissa veuve avec un enfant après onze mois de mariage.

« Quelques années plus tard, la jeune femme se remariait avec un conducteur des Ponts-et-Chaussées. Deux enfants naquirent de cette union. Le fils du premier mourut à vingt-neuf ans.

« Mme Dovalle vivait avec sa fille Hermance, qui l'entourait des soins les plus tendres. Elle mourut le 29 octobre 1854, âgée de soixante-neuf ans.

« Hermance pouvait croire qu'elle avait payé sa dette à la destinée.

« Un soir d'automne elle travaillait à un ouvrage de couture, attendant son mari en tournée de service pour les Ponts-et-Chaussées. Tout à coup, en entendant sonner l'heure, brusquement mordue au cœur par un pressentiment, elle dit à sa fille :

« — Je suis sûre qu'il est arrivé un accident à la voiture publique. Elle va manquer la correspondance du chemin de fer, je suis sûre qu'il y a un malheur, je le sens aux « battements de mon cœur ».

« Une demi-heure après on rapportait sanglant et mourant le malheureux mari d'Hermance, et il succombait quelques mois après dans de cruelles souffrances.

« Il avait cédé sa place d'*intérieur de voiture* à un pauvre homme qui avait un enfant malade dans les bras,

la voiture avait accroché une charrette chargée de chaux
et les voyageurs de l'impériale avaient été précipités sous
les pieds des chevaux. *Ceux de l'intérieur ne furent nullement blessés.*

« Hermance mourut peu de temps après son mari (1879),
laissant ses deux enfants à sa sœur Clara, déjà âgée et malade. De ces deux enfants, une seule vécut, Laure, la jeune,
qui se maria peu de temps après ces événements. Mais, le
29 janvier 1880, elle mourait à son tour, laissant un petit
enfant et le confiant à sa tante Clara Dovalle, qui survit seule
à tous les siens. Et maintenant, de cette famille angevine
aimée, honorée, glorieuse par un des siens, la noble et
vaillante femme, vieillie et courbée, demeure auprès d'un
berceau en revoyant, avec effroi, tous ces spectres qui ont
été ceux qu'elle a aimés. Bonne d'ailleurs, charmante par
des lettres attendries et pensives, vivant près d'Angers en
n'ayant d'autre culte que la gloire de son frère le poète et
se demandant parfois si on oublie le poète du *Sylphe* et de
la *Bergeronnette*[1].

« Non, on ne l'oublie pas, et il y a toujours, pour les
lettrés, un charme dans ses vers pleins de grâce, et de la
pitié pour ce nom plein de malheur.

« Mais que dirait-on à un romancier qui raconterait
l'histoire d'une famille si tragique? On l'accuserait d'avoir
menti. La vie est plus noire encore et plus sanglante que
nos livres. »

La mort prématurée de Charles Dovalle eut toujours le
privilège de faire naître une vive émotion. M. Dézamy
exprimait naguère les sentiments que doivent inspirer de
telles fins :

« Que de poètes morts sans avoir pu jouir
« Des souriants bonheurs que leur offrait la vie !...
« Les uns, comme un nuage, ont vu s'évanouir
« Leurs beaux rêves de gloire au souffle de l'envie ;

[1] Clara Dovalle est morte depuis quelques années.

4.

« D'autres, sur leur linceul, ont des gouttes de sang;
« — La mort, l'avide mort, les a pris avant l'âge,
« Mais leurs vers immortels n'ont pas, en vieillissant,
« Des injures du temps à craindre le ravage.
« Quoiqu'ils n'aient eu — vivants — nul titre à décliner,
« Avant que dans l'oubli leur souvenir ne tombe
« On verra bien des fleurs éclore et se faner...
« — Le seul vrai piédestal du talent... C'est la tombe ! [1] »

Maintenant, comme on pourrait penser que nous ne sommes pas assez désintéressés pour apprécier impartialement l'œuvre de Dovalle, qui est notre Lamartine à nous, une de nos gloires locales, un de ces *poètes du clocher*, ainsi que les nomme si bien M. Ch. Fuster, nous nous appuierons sur l'autorité d'écrivains connus qui jugeront le poète et son œuvre. C'est donc eux, désormais, que nous laisserons parler en commençant par l'illustre auteur des *Orientales*.

Victor Hugo, sollicité d'apprécier le recueil des poésies de Dovalle, y consentit et écrivit, en tête du volume, de superbes pages dont nous donnons quelques extraits [2] :

« D'abord, ce qui frappe en commençant la lecture de ce manuscrit ; ce qui frappe en la terminant, c'est que tout, dans ce livre d'un poète si fatalement prédestiné, tout est grâce, tendresse, fraîcheur, douceur harmonieuse, suave et molle rêverie.

« Heureux pour lui-même, le poète qui, né avec le goût des choses fraîches et douces, aura su isoler son âme de toutes ces impressions douloureuses ; dans cette atmosphère qui rougit l'horizon longtemps encore, après une révolution, aura conservé, rayonnant et pur, son petit monde de fleurs, de rosée et de soleil !

« M. Dovalle a eu ce bonheur, d'autant plus remarquable, d'autant plus étrange chez lui, qu'il devait finir d'une telle fin, et interrompre sitôt sa chanson à peine commencée !

[1] *Revue pour tous*, 9 juin 1867.
[2] *Le Sylphe*. Ladvocat, Paris, 1830.

Il semblerait d'abord, qu'à défaut de douloureux souvenirs, on rencontrera dans son livre quelque pressentiment vague et sinistre. Non : rien de sombre, rien d'amer, rien de fatal. Bien au contraire, une poésie toute jeune, enfantine parfois ; tantôt les désirs de chérubin, tantôt une sorte de nonchalance créole ; un vers à gracieuse allure, trop peu métrique, trop peu rythmique, il est vrai, mais toujours plein d'une harmonie plutôt naturelle que musicale ; la joie, la volupté, l'amour ; la femme surtout, la femme divinisée, la femme faite muse ; et puis partout des fleurs, des fêtes, le printemps, le matin, la jeunesse, voilà ce qu'on trouve dans ce portefeuille d'élégies déchirées par une balle de pistolet . . . .

. . . .

« ..... Il me semble que cette grâce, cette harmonie, cette joie qui s'épanouit à tous les vers de M. Dovalle, donnent à cette lecture un charme et un intérêt singulier. »

Le *Sylphe* parut donc sous le patronage de Victor Hugo ; on le mit en vente quelques jours à peine avant la représentation d'*Hernani*, c'est-à-dire au milieu d'une furieuse agitation et des violentes commotions, prodromes de la révolution politique et littéraire ; nous avons dit ailleurs le succès qu'obtint cet ouvrage. M. Jules Claretie, de l'Académie française, a apprécié, dans de superbes pages [1], le poète Montreuillais ; en voici quelques extraits :

« M. Victor Hugo n'a pas assez marqué un côté, selon moi distinctif, des poésies de Dovalle, c'est son amour profond et sa compréhension singulière de la nature. Amour qui n'a rien du panthéisme de La Morvonnais et de Maurice de Guérin, amour d'artiste, de peintre, d'observateur, presque de naturaliste....... »

Et plus loin, après avoir cité des vers de Dovalle, l'éminent écrivain ajoute : « Je crois que ce sont là, non des

---

[1] *Élisa Mercœur*, Charles Dovalle, collection du *Bibliophile français*. Bachelin-Deflorenne, Paris, 1864.

vers de versificateur, mais de poète. Cette sévérité de
rythme et cette science de facture que Victor Hugo lui
demandait, Dovalle les aurait certainement acquises plus
tard. Nul doute que ce doux et à la fois riant et mélancolique poète, enfermant sa pensée dans une forme définitive,
ne fût parvenu à se classer parmi les plus grands et les
plus illustres... »

Jules Janin, qui se connaissait en hommes, disait de
Dovalle :

« C'était le meilleur et le plus timide des hommes : des
goûts simples, des vers faciles. La promenade, la musique
le soir dans les carrefours, des visions magiques, à la
fenêtre le matin, une profonde connaissance de tous les
plaisirs que donnent l'étude et la nature, voilà le poète. »

M. Bonnemère, notre érudit compatriote, disait excel-
lemment[1] : « La lyre de Dovalle était complète ; elle possédait toutes les cordes, elle vibrait à toutes les harmonies
et elle était accessible au plus haut point à celles de la
nature dont les voix parlaient à son âme de poète. Hélas,
pauvre, pauvre Dovalle, tu as passé sans faire ton œuvre
et donner ta mesure ! »

Victor Pavie, après avoir montré[2] : « Gisant sur ses rêves
d'avenir, l'enfant de Montreuil loin de ses prairies et de
ses îlots, de ses tours et de son clocher, de ses coteaux de
Sanziers et de sa vallée du Thouet, et plus loin encore de
sa mère », ajoute : « Sa muse était aimable et parfois trop
légère ; esprit facile à la fois critique et rêveur, deux
hommes étaient en lui, celui de l'inspiration, celui de la
lutte. Là, il eût rencontré dans le feu de la discussion une
sauvegarde contre les défaillances de la pensée....... »

Dans un remarquable article de journal[3], un écrivain,

---

[1] *Revue de Bretagne et d'Anjou*, 1er octobre 1887.
[2] Victor Pavie. *Œuvres choisies*, 2e vol., p. 305.
[3] *Journal de Maine-et-Loire*, 2 mars 1830.

dont les initiales très connues abritaient une personnalité d'un goût très sûr, appréciait ainsi le recueil des poésies de Dovalle, qui venait de paraître alors :

« Il y a je ne sais quoi de touchant dans cet hommage naïf (celui de V. Hugo) rendu au talent par le talent. L'auteur des *Orientales* se plaît à reconnaître dans la poésie de Dovalle une sorte de parenté avec la sienne. Tous deux, comme à l'insu d'eux-mêmes, poussés comme par une invincible force, ont marché dans ces voies nouvelles où la révolution littéraire, inévitable corollaire de la révolution politique, entraîne et précipite les écrivains de notre époque. Aussi Dovalle appartient à l'École moderne romantique, mais son talent, dirigé par un goût sain et pur, a su éviter le défaut que l'on attribue au genre, mais dont en réalité le genre est innocent et les auteurs seuls sont coupables. Ses pensées sont toujours vraies, ses sentiments naturels, ses images nettes et vives.

« Point de ces tableaux de tradition et de convention, partout les traces vivantes d'impressions personnelles, partout l'homme plus que l'auteur ; ce qu'il peint il l'a vu, il l'a senti. Il s'est réellement réchauffé aux rayons de ce soleil de mars ; le premier papillon l'a effleuré de ses ailes d'azur ; il a vu voltiger, sautiller, la mobile bergeronnette. Si Dovalle n'est pas inférieur à Parny dans les pièces intitulées : *Vous*, *Yeux*, le *Pacte*, une *Femme*, on retrouve La Fontaine et la piquante ironie de ses contes dans l'*Oratoire du jardin* et la *Ballade de Loys*. Deux chansons pleines de verve semblent avoir été dérobées à la lyre de Béranger. »

La *Revue de l'Anjou* [1] publiait, à propos de la 2ᵉ édition des œuvres de Dovalle, un article sympathique à notre poète ; nous allons donner quelques extraits de cette appréciation curieuse à plus d'un titre.

[1] 1868-1869.

« La première édition des poésies de Ch. Dovalle parut en 1830, c'est-à-dire à une époque où tout fermentait en France : art, littérature et politique. La publication des œuvres du jeune poète de Montreuil-Bellay ne pouvait manquer de rencontrer beaucoup de sympathies. Les femmes lurent le livre avec émotion, les journalistes en parlèrent avec éloge. On récita le *Sylphe* dans tous les cercles romantiques et puis l'œuvre de Dovalle disparut dans le tourbillon soulevé par les dramatiques productions de la nouvelle école littéraire. On essaie aujourd'hui de la remettre en faveur, l'idée n'est pas mauvaise. La poésie en ce moment n'est pas dans une phase de fécondité et d'éclat et des stances mélancoliques comme celles-ci pourront faire verser encore quelques pleurs :

> J'ai perdu la meute et la chasse
> Je jette ma voix dans l'espace.

« Les vers de Dovalle ont de la souplesse, du naturel et ils sont nés des effusions d'une vraie sensibilité ; ce sont là des qualités qui charment toujours et que bien des esprits préfèrent aux effets phonétiques et aux savantes ciselures. »

M. Fresse-Montval [1] apprécie ainsi Dovalle : « Doué d'un grand amour pour la poésie, Dovalle la cultiva avec l'enthousiasme qui produit les grands hommes et elle fut pour lui l'objet d'un véritable culte. Victor Hugo n'a point dédaigné de faire l'éloge du poète. Le curé de Meudon, sa charmante chansonnette, fournit plus tard l'idée d'un joli vaudeville, représenté au Palais-Royal, sous le titre de *Rabelais*, et qui eut un grand succès. »

Nous venons de reproduire le jugement porté sur Dovalle par des écrivains dont on ne saurait nier la compétence ni suspecter la haute impartialité.

[1] *Nouvelle Bibliographie générale.* Fresse-Montval, Didot, t. XIV.

N'est-ce pas maintenant qu'il convient de répéter ces vers de Théodore de Banville :

> « Et vos regrets amers pour ce jeune poète
> « Emporté loin de vous par un vent meurtrier,
> « A sa lyre, à présent détendue et muette,
> « Ne refuseront point quelques brins de laurier,
> « Car vous êtes de ceux dont la pitié profonde,
> « Garde les verts rameaux qui croissent sous le ciel,
> « Pour les penseurs trop vite exilés de ce monde
> « Et pour ce que les morts nous laissent d'immortel. »

Il nous a semblé bon de remettre en lumière la douce figure de ce poète distingué... d'un de ces romantiques qui essayèrent de faire oublier les affreuses tueries du commencement de ce siècle, surent consoler la France de ses défaites et qui, chantres de la paix, des prairies en fleurs et des bois touffus, montrèrent à leurs contemporains, habitués aux lauriers sanglants des batailles, qu'il est, pour une nation, d'autres gloires, et de plus désirables que celles qui s'acquièrent par la guerre. Honneur à ces courageux écrivains ! Ils vinrent, après la lutte, agiter l'olivier symbolique, prêcher la douce fraternité... ils vinrent, après le despotisme, nous faire chérir la liberté.

Nous avons retracé de notre mieux la physionomie de ce poète qui posséda la triple auréole de la jeunesse, du talent, du malheur, de ce jeune homme infortuné qui semble voué, dès ses premiers jours, aux tragiques destinées, dont la naissance fut avancée par le poison et que la balle d'un vaniteux vint seule arracher à la célébrité.

Puisse cette notice rappeler le souvenir du jeune poète angevin ! Puisse-t-elle, au moins pour un temps, ramener l'attention sur son œuvre et préserver son nom de l'oubli... c'est notre vœu le plus cher; ce sera notre meilleure récompense.

ANGERS, IMPRIMERIE GERMAIN ET G. GRASSIN

21